진달래꽃

진달래꽃

개정판 1쇄 발행 | 2023년 02월 28일

지은이 | 김소월

발행인 | 김선희 · 대 표 | 김종대
펴낸곳 | 도서출판 매월당
책임편집 | 박옥훈 · 디자인 | 윤정선 · 마케터 | 양진철 · 김용준

등록번호 | 388-2006-000018호
등록일 | 2005년 4월 7일
주소 | 경기도 부천시 소사구 중동로 71번길 39, 109동 1601호
        (송내동, 뉴서울아파트)
전화 | 032−666−1130 · 팩스 | 032−215−1130

ISBN 979-11-7029-227-2 (03810)

이 도서의 국립중앙도서관 출판시도서목록(CIP)은 서지정보유통지원시스템 홈페이지
(http://seoji.nl.go.kr)와 국가자료공동목록시스템(http://www.nl.go.kr/kolisnet)에서
이용하실 수 있습니다.(CIP제어번호 : CIP2017024253)

한국 명시 따라 쓰기 03

진달래꽃

김소월 필사 시집

매월당
MAEWOLDANG

차례

제 1 장

진달래꽃

진달래꽃

나 보기가 역겨워
가실 때에는
말없이 고이 보내 드리오리다.

영변寧邊의 약산藥山
진달래꽃,
아름 따다 가실 길에 뿌리오리다.

가시는 걸음걸음
놓인 그 꽃을
사뿐히 즈려밟고 가시옵소서.

나 보기가 역겨워
가실 때에는
죽어도 아니 눈물 흘리오리다.

먼 후일

먼 후일 당신이 찾으시면
그때에 내 말이 "잊었노라"

당신이 속으로 나무라면
"무척 그리다가 잊었노라"

그래도 당신이 나무라면
"믿기지 않아서 잊었노라"

오늘도 어제도 아니 잊고
먼 후일 그때에 "잊었노라"

산유화

산에는 꽃 피네
꽃이 피네.
갈 봄 여름 없이
꽃이 피네.

산에
산에
피는 꽃은
저만치 혼자서 피어 있네.

산에서 우는 작은 새여,
꽃이 좋아
산에서
사노라네.

산에는 꽃 지네
꽃이 지네.
갈 봄 여름 없이
꽃이 지네.

나의 집

들가에 떨어져 나가 앉은 메 기슭의
넓은 바다의 물가 뒤에,
나는 지으리, 나의 집을,
다시금 큰길을 앞에다 두고.
길로 지나가는 그 사람들은
제각금 떨어져서 혼자 가는 길.
하이얀 여울턱에 날은 저물 때.
나는 문간에 서서 기다리리
새벽새가 울며 지새는 그늘로
세상은 희게, 또는 고요하게,
번쩍이며 오는 아침부터,
지나가는 길손을 눈여겨보며,
그대인가고, 그대인가고.

못 잊어

못 잊어 생각이 나겠지요
그런 대로 한 세상 지내시구려
사노라면 잊힐 날 있으리다.

못 잊어 생각이 나겠지요
그런 대로 세월만 가라시구려
못 잊어도 더러는 잊히오리다.

그러나 또 한긋 이렇지요
'그리워 살뜰히 못 잊는데
어쩌면 생각이 떠나지요?'

그리워

봄이 다 가기 전,
이 꽃이 다 흘기 전
그린 님 오실까구
뜨는 해 지기 전에.

엷게 흰 안개 새에
바람은 무겁거니,
밤샌 달 지는 양자,
어제와 그리 같이,

붙일 길 없는 맘세,
그린 님 언제 뵐련,
우는 새 다음 소린,
늘 함께 들사오면.

고적孤寂한 날

당신님의 편지를
받은 그날로
서러운 풍설風說이 돌았습니다.

물에 던져달라고 하신, 그 뜻은
언제나 꿈꾸며 생각하라는
그 말씀인 줄 압니다.

흘려 쓰신 글씨나마
언문諺文 글자로
눈물이라고 적어 보내셨지요.

물에 던져달라고 하신 그 뜻은
뜨거운 눈물 방울방울 흘리며,
맘 곱게 읽어 달라는 말씀이지요.

가는 봄 삼월

가는 봄 삼월, 삼월은 삼질
강남 제비도 안 잊고 왔는데.
아무렴은요
설게 이때는 못 잊게, 그리워.

잊으시기야, 했으랴, 하마 어느새,
님 부르는 꾀꼬리 소리.
울고 싶은 바람은 점도록 부는데
설리도 이때는
가는 봄 삼월, 삼월은 삼질.

부귀공명

거울 들어 마주 온 내 얼굴을
좀 더 미리부터 알았던들,
늙는 날 죽는 날을
사람은 다 모르고 사는 탓에,
오오 오직 이것이 참이라면
그러나 내 세상이 어디인지?
지금부터 두 여덟 좋은 연광年光
다시 와서 내게도 있을 말로
전보다 좀 더 전보다 좀 더
살음즉이 살는지 모르련만.
거울 들어 마주 온 내 얼굴을
좀 더 미리부터 알았던들!

가는 길

그립다
말을 할까
하니 그리워.

그냥 갈까
그래도
다시 더 한 번……

저 산에도 까마귀, 들에 까마귀
서산에는 해 진다고
지저귑니다.

앞 강물, 뒷 강물,
흐르는 물은
어서 따라 오라고 따라 가자고
흘러도 연달아 흐릅디다려.

구름

저기 저 구름을 잡아타면
붉게도 피로 물든 저 구름을,
밤이면 새캄한 저 구름을.
잡아타고 내 몸은 저 멀리로
구만 리 긴 하늘을 날아 건너
그대 잠든 품속에 안기렸더니,
애스러라, 그리는 못한대서,
그대여, 들으라 비가 되어
저 구름이 그대한테로 내리거든,
생각하라, 밤저녁, 내 눈물을.

꽃촉燭불 켜는 밤

꽃촉燭불 켜는 밤, 깊은 골방에 만나라.
아직 젊어 모를 몸, 그래도 그들은
해 달 같이 밝은 맘, 저저마다 있노라.
그러나 사랑은 한두 번番만 아니라, 그들은 모르고.

꽃촉燭불 켜는 밤, 어스러한 창窓 아래 만나라.
아직 앞길 모를 몸, 그래도 그들은
솔대 같이 굳은 맘, 저저마다 있노라.
그러나 세상은, 눈물 날 일 많아라, 그들은 모르고.

님의 노래

그리운 우리 님의 맑은 노래는
언제나 제 가슴에 젖어 있어요

긴 날을 문 밖에서 서서 들어도
그리운 우리 님의 고운 노래는
해 지고 저물도록 귀에 들려요
밤들고 잠들도록 귀에 들려요

고이도 흔들리는 노랫가락에
내 잠은 그만이나 깊이 들어요
고적한 잠자리에 홀로 누워도
내 잠은 포스근히 깊이 들어요

그러나 자다 깨면 님의 노래는
하나도 남김없이 잃어버려요
들으면 듣는 대로 님의 노래는
하나도 남김없이 잊고 말아요

해가 산마루에 저물어도

해가 산山마루에 저물어도
내게 두고는 당신 때문에 저뭅니다.

해가 산山마루에 올라와도
내게 두고는 당신 때문에 밝은 아침이라고 할 것입니다.

땅이 꺼져도 하늘이 무너져도
내게 두고는 끝까지 모두다 당신 때문에 있습니다.

다시는, 나의 이러한 맘뿐은, 때가 되면,
그림자같이 당신한테로 가우리다.

오오, 나의 애인愛人이었던 당신이여.

산 위에

산 위에 올라서 바라다보면
가로막힌 바다를 마주 건너서
님 계시는 마을이 내 눈앞으로
꿈 하늘 하늘같이 떠오릅니다.

흰 모래 모래 비낀 선창가에는
한가한 뱃노래가 멀리 잦으며
날 저물고 안개는 깊이 덮어서
흩어지는 물꽃뿐 아득합니다.

이윽고 밤 어두운 물새가 울면
물결조차 하나 둘 배는 떠나서
저 멀리 한바다로 아주 바다로
마치 가랑잎같이 떠나갑니다

나는 혼자 산에서 밤을 새우고
아침 해 붉은 볕에 몸을 씻으며
귀 기울고 솔곳이 엿듣노라면
님 계신 창 아래로 가는 물노래

흔들어 깨우치는 물노래에는
내 님이 놀라 일어나 찾으신대도
내 몸은 산 위에서 그 산 위에서
고이 깊이 잠들어 다 모릅니다

개여울

당신은 무슨 일로
그리합니까?
홀로히 개여울에 주저앉아서

파릇한 풀포기가
돋아나오고
잔물은 봄바람에 헤적일 때에

가도 아주 가지는
않노라시던
그러한 약속이 있었겠지요

날마다 개여울에
나와 앉아서
하염없이 무엇을 생각합니다

가도 아주 가지는
않노라심은
굳이 잊지 말라는 부탁인지요

님에게

한때는 많은 날을 당신 생각에
밤까지 새운 일도 없지 않지만
아직도 때마다는 당신 생각에
추거운 베갯가의 꿈은 있지만

낯모를 딴 세상의 네길거리에
애달피 날 저무는 갓 스물이요
캄캄한 어두운 밤 들에 헤매도
당신은 잊어버린 설움이외다

당신을 생각하면 지금이라도
비 오는 모래밭에 오는 눈물의
추거운 베갯가의 꿈은 있지만
당신은 잊어버린 설움이외다

금잔디

잔디
잔디
금잔디
심심산천에 붙은 불은
가신 임 무덤가에 금잔디.
봄이 왔네, 봄빛이 왔네.

버드나무 끝에도 실가지에
봄빛이 왔네, 봄날이 왔네.
심심산천에도 금잔디에.

님과 벗

벗은 설움에서 반갑고
님은 사랑에서 좋아라.
딸기꽃 피어서 향기香氣로운 때를
고초苦草의 붉은 열매 익어가는 밤을
그대여, 부르라, 나는 마시리.

나는 세상모르고 살았노라

'가고 오지 못한다' 는 말을
철없던 내 귀로 들었노라.
만수산萬壽山을 올라서서
옛날에 갈라선 그 내 님도
오늘날 뵈올 수 있었으면.

나는 세상모르고 살았노라,
고락苦樂에 겨운 입술로는
같은 말도 조금 더 영리怜悧하게
말하게도 지금은 되었건만.
오히려 세상모르고 살았으면!

'돌아서면 무심타' 는 말이
그 무슨 뜻인 줄을 알았으랴.
제석산帝釋山 붙는 불은
옛날에 갈라선 그 내 님의
무덤에 풀이라도 태웠으면!

꿈길

물구슬의 봄 새벽 아득한 길
하늘이며 들 사이에 넓은 숲
젖은 향기 불긋한 잎 위의 길
실그물의 바람 비쳐 젖은 숲
나는 걸어가노라 이러한 길
밤저녁의 그늘진 그대의 꿈
흔들리는 다리 위 무지개길
바람조차 가을 봄 걷히는 꿈

엄마야 누나야

엄마야 누나야 강변江邊 살자,
뜰에는 반짝이는 금모래빛,
뒷문 밖에는 갈잎의 노래
엄마야 누나야 강변 살자!

꿈으로 오는 한 사람

나이 차라지면서 가지게 되었노라
숨어 있던 한 사람이, 언제나 나의,
다시 깊은 잠속의 꿈으로 와라
붉으럿한 얼굴에 가늣한 손가락의,
모르는 듯한 거동도 전날의 모양대로
그는 야젓이 나의 팔 위에 누워라
그러나, 그래도 그러나!
말할 아무것이 다시 없는가!
그냥 먹먹할 뿐, 그대로
그는 일어라. 닭의 홰치는 소리.
깨어서도 늘. 길거리에 사람을
밝은 대낮에 빗보고는 하노라.

접동새

접동
접동
아우래비 접동

진두강 가람가에 살던 누나는
진두강 앞마을에
와서 웁니다

옛날, 우리나라
먼 뒤쪽의
진두강 가람가에 살던 누나는
의붓어미 시샘에 죽었습니다.

누나라고 불러보랴
오오 불설워
시새움에 몸이 죽은 우리 누나는
죽어서 접동새가 되었습니다.

아홉이나 남아 되던 오랩동생을
죽어서도 못 잊어 차마 못 잊어
야삼경 남 다 자는 밤이 깊으면
이 산 저 산 옮아가며 슬피 웁니다.

바다

뛰노는 흰 물결이 일고 또 잦는
붉은 풀이 자라는 바다는 어디

고기잡이꾼들이 배 위에 앉아
사랑 노래 부르는 바다는 어디

파랗게 좋이 물든 남藍빛 하늘에
저녁놀 스러지는 바다는 어디

곳 없이 떠다니는 늙은 물새가
떼를 지어 좇니는 바다는 어디

건너서서 저편便은 딴 나라이라
가고 싶은 그리운 바다는 어디

봄밤

실버드나무의 검으스럿한 머리결인 낡은 가지에
제비의 넓은 깃나래의 감색紺色 치마에
술집의 창窓 옆에, 보아라, 봄이 앉았지 않는가.

소리도 없이 바람은 불며, 울며, 한숨지워라
아무런 줄도 없이 섧고 그리운 새캄한 봄밤
보드라운 습기濕氣는 떠돌며 땅을 덮어라.

낭인浪人의 봄

휘둘리 산을 넘고,
굽이진 물을 건너,
푸른 풀 붉은 꽃에
길 걷기 시름이어.

잎 누런 시닥나무,
철 이른 푸른 버들,
해 벌써 석양인데
불솟는 바람이어.

골짜기 이는 연기
메 틈에 잠기는데,
산마루 도는 손의
슬지는 그림자여.

산길가 외론 주막,
어이그, 쓸쓸한데,
먼저 든 짐장사의
곤한 말 한 소리여.

지는 해 그림자니,
오늘은 어디까지,
어둔 뒤 아무데나,
가다가 묵을네라.

풀숲에 물김 뜨고,
달빛에 새 놀래는,
고운 봄 야반夜半에도
내 사람 생각이여.

부모

낙엽이 우수수 떨어질 때,
겨울의 기나긴 밤,
어머님하고 둘이 앉아
옛이야기 들어라.

나는 어쩌면 생겨나와
이 이야기 듣는가?
묻지도 말아라, 내일 날에
내가 부모 되어서 알아보랴?

님의 말씀

세월이 물과 같이 흐른 두 달은
길어둔 독엣물도 찌었지마는
가면서 함께 가자 하던 말씀은
살아서 살을 맞는 표적이외다

봄풀은 봄이 되면 돋아나지만
나무는 밑그루를 꺾은 셈이요
새라면 두 죽지가 상한 셈이라
내 몸에 꽃필 날은 다시 없구나

밤마다 닭소리라 날이 첫 시時면
당신의 넋맞이로 나가볼 때요
그믐에 지는 달이 산에 걸리면
당신의 길신가리 차릴 때외다

세월은 물과 같이 흘러가지만
가면서 함께 가자 하던 말씀은
당신을 아주 잊던 말씀이지만
죽기 전 또 못 잊을 말씀이외다

맘에 속의 사람

잊힐 듯이 볼 듯이 늘 보던 듯이
그립기도 그리운 참말 그리운
이 나의 맘에 속에 속모를 곳에
늘 있는 그 사람을 내가 압니다.

인제도 인제라도 보기만 해도
다시없이 살뜰할 그 내 사람은
한두 번만 아니게 본 듯하여서
나자부터 그리운 그 사람이요.

남은 다 어림없다 이를지라도
속에 깊이 있는 것 어찌하는가,
하나 진작 낯모를 그 내 사람은
다시없이 알뜰한 그 내 사람은

나를 못 잊어하여 못 잊어하여
애타는 그 사랑이 눈물이 되어,
한끝 만나리 하는 내 몸을 가져
몹쓸음을 둔 사람, 그 나의 사람?

애모愛慕

왜 아니 오시나요.
영창映窓에는 달빛, 매화꽃이
그림자는 산란散亂히 휘젓는데.
아니, 눈 꽉 감고 요대로 잠을 들자.

저 멀리 들리는 것!
봄철의 밀물 소리
물나라의 영롱한 구중궁궐, 궁궐의 오요한 곳.
잠 못 드는 용녀龍女의 춤과 노래, 봄철의 밀물 소리.

어두운 가슴속의 구석구석······
환연한 거울 속에, 봄 구름 잠긴 곳에,
소솔비 내리며, 달무리 둘려라.
이대도록 왜 아니 오시나요. 왜 아니 오시나요.

새벽

낙엽落葉이 발이 숨는 못물가에
우뚝우뚝한 나무 그림자
물빛조차 어슴푸레히 떠오르는데,
나 혼자 섰노라, 아직도 아직도,
동녘 하늘은 어두운가.
천인天人에도 사랑 눈물, 구름 되어,
외로운 꿈의 베개, 흐렸는가
나의 님이여, 그러나 그러나
고이도 붉으스레 물 질러 와라
하늘 밟고 저녁에 섰는 구름.
반달은 중천中天에 지새일 때.

제 2 장

깊고 깊은 언약

예전엔 미처 몰랐어요

봄 가을 없이 밤마다 돋는 달도
'예전엔 미처 몰랐어요.'

이렇게 사무치게 그리울 줄도
'예전엔 미처 몰랐어요.'

달이 암만 밝아도 쳐다볼 줄을
'예전엔 미처 몰랐어요.'

이제금 저 달이 설움인 줄은
'예전엔 미처 몰랐어요.'

그를 꿈꾼 밤

야밤중, 불빛이 발갛게
어렴풋이 보여라.

들리는 듯, 마는 듯,
발자국 소리
스러져 가는 발자국 소리

아무리 혼자 누워 몸을 뒤채도
잃어버린 잠은 다시 안 와라.

야밤중, 불빛이 발갛게
어렴풋이 보여라.

춘향과 이 도령

평양에 대동강은
우리나라에
곱기로 으뜸가는 가람이지요

삼천리 가다 가다 한가운데는
우뚝한 삼각산이
솟기도 했소

그래 옳소 내 누님, 오오 누이님
우리나라 섬기던 한 옛적에는
춘향과 이 도령도 살았다지요

이편에는 함양, 저편에는 담양,
꿈에는 가끔가끔 산을 넘어
오작교 찾아 찾아가기도 했소

그래 옳소 누이님, 오오 내 누님
해 돋고 달 돋아 남원 땅에는
성춘향 아가씨가 살았다지요

가을 아침에

아득한 퍼스레한 하늘 아래서
회색의 지붕들은 번쩍거리며,
성깃한 섶나무의 드문 수풀을
바람은 오다가다 울며 만날 때,
보일락 말락 하는 멧골에서는
안개가 어스러히 흘러 쌓여라.

아아 이는 찬비 온 새벽이러라.
냇물도 잎새 아래 얼어붙누나.
눈물에 싸여 오는 모든 기억은
피 흘린 상처조차 아직 새로운
가주난 아기같이 울며 서두는
내 영을 에워싸고 속살거려라.

'그대의 가슴 속이 가비얍던 날
그리운 그 한때는 언제였었노!'
아아 어루만지는 고운 그 소리
쓰라린 가슴에서 속살거리는,
미움도 부끄럼도 잊은 소리에,
끝없이 하염없이 나는 울어라.

가을 저녁에

물은 희고 길구나 하늘보다도.
구름은 붉구나, 해보다도.
서럽다, 높아가는 긴 들 끝에
나는 떠돌며 울며 생각한다, 그대를.

그늘 깊어 오르는 발 앞으로
끝없이 나아가는 길은 앞으로.
키 높은 나무 아래로, 물마을은
성깃한 가지가지 새로 떠오른다.

그 누가 온다고 한 언약도 없건마는!
기다려 볼 사람도 없건마는!
나는 오히려 못물가를 싸고 떠돈다.
그 못물로는 놀이 잦을 때.

귀뚜라미

산바람 소리.
찬비 듣는 소리.
그대가 세상 고락 말하는 날 밤에,
순막집 불도 지고 귀뚜라미 울어라.

만나려는 심사心思

저녁 해는 지고서 어스름의 길,
저 먼 산山엔 어두워 잃어진 구름,
만나려는 심사는 웬 셈일까요,
그 사람이야 올 길 바이없는데,
발길은 누 마중을 가잔 말이냐.
하늘엔 달 오르며 우는 기러기.

강촌江村

날 저물고 돋는 달에
흰 물은 쏼쏼……
금모래 반짝……
청靑노새 몰고 가는 낭군郎君!
여기는 강촌江村
강촌江村에 내 몸은 홀로 사네.
말하자면, 나도 나도
늦은 봄 오늘이 다 진盡토록
백년처권百年妻眷을 울고 가네.
길쎄 저문 나는 선비,
당신은 강촌江村에 홀로 된 몸.

찬 저녁

퍼르스럿한 달은, 성황당의
데군데군 헐어진 담 모도리에
우둑히 걸리웠고, 바위 위의
까마귀 한 쌍, 바람에 나래를 펴라.

엉긔한 무덤들은 들먹거리며,
눈 녹아 황토黃土 드러난 멧기슭의,
여기라, 거리 불빛도 떨어져 나와,
집 짓고 들었노라, 오오 가슴이어

세상은 무덤보다도 다시 멀고
눈물은 물보다 더덥음이 없어라.
오오 가슴이어, 모닥불 피어오르는
내 한 세상, 마당의 가을도 갔어라.

그러나 나는 오히려 나는
소리를 들어라, 눈석이물이 씩어리는,
땅 위에 누워서, 밤마다 누워,
담 모도리에 걸린 달을 내가 봄으로.

눈 오는 저녁

바람 자는 이 저녁
흰 눈은 퍼붓는데
무엇하고 계시노
같은 저녁 금년은……

꿈이라도 꾸면은!
잠들면 만날런가.
잊었던 그 사람은
흰 눈 타고 오시네.
저녁때, 흰 눈은 퍼부어라.

자주紫朱 구름

물 고운 자주 구름,
하늘은 개어 오네.
밤중에 몰래 온 눈
솔숲에 꽃 피었네.

아침볕 빛나는데
알알이 뛰노는 눈

밤새에 지난 일을……
다 잊고 바라보네.

움직거리는 자주 구름.

깊고 깊은 언약

몹쓸은 꿈을 깨어 돌아누울 때,
봄이 와서 멧나물 돋아나올 때,
아름다운 젊은이 앞을 지날 때,
잊어버렸던 듯이 저도 모르게,
얼결에 생각나는 깊고 깊은 언약

꿈꾼 그 옛날

밖에는 눈, 눈이 와라,
고요히 창 아래로는 달빛이 들어라.
어스름 타고서 오신 그 여자는
내 꿈의 품속으로 들어와 안겨라.

나의 베개는 눈물로 함빡히 젖었어라.
그만 그 여자는 가고 말았느냐.
다만 고요한 새벽, 별 그림자 하나가
창틈을 엿보아라.

붉은 조수潮水

바람에 밀려드는 저 붉은 조수潮水
저 붉은 조수가 밀어들 때마다
나는 저 바람 위에 올라서서
푸릇한 구름의 옷을 입고
불같은 저 해를 품에 안고
저 붉은 조수와 나는 함께
뛰놀고 싶구나, 저 붉은 조수와.

열락悅樂

어둡게 깊게 목메인 하늘.
꿈의 품속으로써 굴러 나오는
애달피 잠 안 오는 유령幽靈의 눈결.
그림자 검은 개버드나무에
쏟아져 내리는 비의 줄기는
흐느껴 비끼는 주문呪文의 소리.

시커먼 머리채 풀어헤치고
아우성하면서 가시는 따님.
헐벗은 벌레들은 꿈틀일 때,
흑혈黑血의 바다. 고목枯木 동굴洞窟.

탁목조啄木鳥의
쪼아리는 소리, 쪼아리는 소리.

옛 낮

생각의 끝에는 졸음이 오고
그리움 끝에는 잊음이 오나니,
그대여, 말을 말아라, 이후부터,
우리는 옛 낮 없는 설움을 모르리.

여수旅愁

1

유월 어스름 때의 빗줄기는
암색暗色의 시골屍骨을 묶어세운 듯,
뜨며 흐르며 잠기는 손의 널쪽은
지향志向도 없어라, 단청丹靑의 홍문紅門!

2

저 오늘도 그리운 바다,
건너다보자니 눈물겨워라!
조그마한 보드라운 그 옛적 심정心情의
분결같던 그대의 손의
사시나무보다도 더한 아픔이
내 몸을 에워싸고 휘떨며 찔러라,
나서 자란 고향故鄕의 해 돋는 바다요.

기회

강 위에 다리는 놓였던 것을!
나는 왜 건너가지 못했던가요.
'때'의 거친 물결은 볼 새도 없이
다리를 무너치고 흐릅니다려

먼저 건넌 당신이 어서 오라고
그만큼 부르실 때 왜 못 갔던가!
당신과 나는 그만 이편 저편서.
때때로 울며 바랄 뿐입니다려.

맘에 있는 말이라고 다 할까 보냐

하소연하며 한숨을 지으며
세상을 괴로워하는 사람들이여!
말을 나쁘지 않도록 좋게 꾸밈은
달라진 이 세상의 버릇이라고, 오오 그대들!
맘에 있는 말이라고 다 할까 보냐.
두세 번 생각하라, 위선爲先 그것이
저부터 밑지고 들어가는 장사일진댄.
사는 법이 근심은 못 같은다고,
남의 설움을 남은 몰라라.
말 마라, 세상, 세상 사람은
세상의 좋은 이름 좋은 말로써
한 사람을 속옷마저 벗긴 뒤에는
그를 네길거리에 세워 놓아라, 장승도 마찬가지.
이 무슨 일이냐, 그날로부터,
세상 사람들은 제가끔 제 비위脾胃의 헐한 값으로
그의 몸값을 매마쟈고 덤벼들어라.
오오 그러면, 그대들은 이후에라도
하늘을 우러르라, 그저 혼자, 섧거나 괴롭거나.

황촉黃燭불

황촉黃燭불, 그저도 까맣게
스러져 가는 푸른 창窓을 기대고
소리조차 없는 흰 밤에,
나는 혼자 거울에 얼굴을 묻고
뜻 없이 생각 없이 들여다보노라.
나는 이르노니, 우리 사람들
첫날밤은 꿈속으로 보내고
죽음은 조는 동안에 와서,
별 좋은 일도 없이 스러지고 말어라.

원앙침鴛鴦枕

바드득 이를 갈고
죽어볼까요
창가에 아롱아롱
달이 비친다

눈물은 새우잠의
팔굽베개요
봄꿩은 잠이 없어
밤에 와 운다.

두동달이베개는
어디 갔는고
언제는 둘이 자던 베갯머리에
「죽자 사자」 언약도 하여 보았지.

봄 메의 멧기슭에
우는 접동도
내 사랑 내 사랑
조히* 울것다.

두동달이베개는
어디 갔는고
창가에 아롱아롱
달이 비친다.

* 조히 : 조용히

풀따기

우리 집 뒷산에는 풀이 푸르고
숲 사이의 시냇물, 모래 바닥은
파아란 풀 그림자, 떠서 흘러요.

그리운 우리 님은 어디 계신고.
날마다 피어나는 우리 님 생각.
날마다 뒷산에 홀로 앉아서
날마다 풀을 따서 물에 던져요.

흘러가는 시내의 물에 흘러서
내어던진 풀잎은 옅게 떠갈 제
물살이 해적해적 품을 헤쳐요.

그리운 우리 님은 어디 계신고.
가엾은 이내 속을 둘 곳 없어서
날마다 풀을 따서 물에 던지고
흘러가는 잎이나 말해 보아요.

반달

희멀끔하여 떠돈다, 하늘 위에,
빛 죽은 반달이 언제 올랐나!
바람은 나온다, 저녁은 춥구나,
흰 물가엔 뚜렷이 해가 드누나.

어두컴컴한 풀 없는 들은
찬 안개 위로 떠 흐른다.
아, 겨울은 깊었다, 내 몸에는,
가슴이 무너져 내려앉는 이 설움아!

가는 님은 가슴에 사랑까지 없애고 가고
젊음은 늙음으로 바뀌어 든다.
들가시나무의 밤드는 검은 가지
잎새들만 저녁 빛에 희그무레히 꽃 지듯 한다.

잊었던 맘

집을 떠나 먼 저곳에
외로이도 다니던 내 심사를!
바람 불어 봄꽃이 필 때에는
어찌타 그대는 또 왔는가.
저도 잊고 나니 저 모르던 그대
어찌하여 옛날의 꿈조차 함께 오는가.
쓸데도 없이 서럽게만 오고 가는 맘.

동경하는 여인

그리운 우리 님의 맑은 노래는
언제나 제 가슴에 젖어 있어요

긴 날을 문밖에서 서서 들어도
그리운 우리 님의 고운 노래가
해지고 저물도록 귀에 들려요

고이도 흔들리는 노래 가락에
내 잠은 그만이나 깊이 들어요

그러나 자다 깨면 님의 노래는
하나도 남김없이 잃어버려요

들으면 듣는 대로 님의 노래는
하나도 남김없이 잊고 말아요

옛이야기

고요하고 어두운 밤이 오면은
어스러한 등불에 밤이 오면은
외로움에 아픔에 다만 혼자서
하염없는 눈물에 저는 웁니다

제 한 몸도 예전엔 눈물 모르고
조그만한 세상을 보냈습니다
그때는 지난날의 옛이야기도
아무 설움 모르고 외웠습니다

그런데 우리 님이 가신 뒤에는
아주 저를 버리고 가신 뒤에는
전날에 제게 있던 모든 것들이
가지가지 없어지고 말았습니다

그러나 그 한때에 외워 두었던
옛이야기뿐만은 남았습니다
나날이 짙어가는 옛이야기는
부질없이 제 몸을 울려줍니다

자나 깨나 앉으나 서나

자나 깨나 앉으나 서나
그림자 같은 벗 하나이 내게 있었습니다.

그러나, 우리는 얼마나 많은 세월을
쓸데없는 괴로움으로만 보내었겠습니까!

오늘은 또다시, 당신의 가슴속, 속모를 곳을
울면서 나는 휘저어 버리고 떠납니다그려.

허수한 맘, 둘 곳 없는 심사心事에 쓰라린 가슴은
그것이 사랑, 사랑이던 줄이 아니도 잊힙니다.

비단 안개

눈들이 비단 안개에 둘리울 때,
그때는 차마 잊지 못할 때러라.
만나서 울던 때도 그런 날이오,
그리워 미친 날도 그런 때러라.

눈들이 비단 안개에 둘리울 때,
그때는 홀목숨은 못살 때러라.
눈 풀리는 가지에 당치맛귀로
젊은 계집 목매고 달릴 때러라.

눈들이 비단 안개에 둘리울 때,
그때는 종달새 솟을 때러라.
들에랴, 바다에랴, 하늘에서랴,
아지 못할 무엇에 취醉할 때러라.

눈들이 비단 안개에 둘리울 때,
그때는 차마 잊지 못할 때러라.
첫사랑 있던 때도 그런 날이오
영 이별 있던 날도 그런 때러라.

저녁때

마소의 무리와 사람들은 돌아들고, 적적寂寂히 빈 들에,
엉머구리* 소리 우거져라.
푸른 하늘은 더욱 낯추, 먼 산山 비탈길 어둔데
우뚝우뚝한 드높은 나무, 잘 새도 깃들어라.

볼수록 넓은 벌의
물빛을 물끄러미 들여다보며
고개 수그리고 박은 듯이 홀로 서서
긴 한숨을 짓느냐. 왜 이다지!

온 것을 아주 잊었어라, 깊은 밤 예서 함께
몸이 생각에 가볍고, 맘이 더 높이 떠오를 때.
문득, 멀지 않은 갈숲 새로
별빛이 솟구어라.

* 엉머구리 : 개구리의 일종

봄비

어룰 없이 지는 꽃은 가는 봄인데
어룰 없이 오는 비에 봄은 울어라.
서럽다, 이 나의 가슴속에는!
보라, 높은 구름 나무의 푸릇한 가지.
그러나 해 늦으니 어스름인가.
애달피 고운 비는 그어오지만
내 몸은 꽃자리에 주저앉아 우노라.

제 3 장

초혼

고독

설움의 바닷가의
모래밭이라
침묵의 하루해만 또 저물었네

탄식의 바닷가의
모래밭이니
꼭 같은 열두 시만 늘 저무누나

바잽의 모래밭에
돋는 봄풀은
매일 붓는 벌불에 터도 나타나

설움의 바닷가의
모래밭은요
봄 와도 봄 온 줄을 모른다더라

이즘의 바닷가의 모래밭이면
오늘도 지는 해니 어서 져다오
아쉬움의 바닷가 모래밭이니
뚝 씻는 물소리가 들려나다오

길

어제도 하룻밤
나그네 집에
까마귀 가왁가왁 울며 새었소.

오늘은
또 몇 십 리
어디로 갈까.

산으로 올라갈까
들로 갈까
오라는 곳이 없어 나는 못 가오.

말 마소, 내 집도
정주定州 곽산郭山
차車 가고 배 가는 곳이라오.

여보소, 공중에

저 기러기

공중엔 길 있어서 잘 가는가?

여보소, 공중에

저 기러기

열십자十字 복판에 내가 섰소.

갈래갈래 갈린 길

길이라도

내게 바이 갈 길은 하나 없소.

널

성촌城村의 아가씨들
널뛰노나
초파일 날이라고
널을 뛰지요

바람 불어요
바람이 분다고!
담 안에는 수양의 버드나무
채색 줄 층층그네 매지를 말아요

담 밖에는 수양의 늘어진 가지
늘어진 가지는
오오 누나!
휘젓이 늘어져서 그늘이 깊소

좋다 봄날은
몸에 겹지
널뛰는 성촌의 아가씨네들
널은 사랑의 버릇이라오

마음의 눈물

내 마음에서 눈물 난다.
뒷산에 푸르른 미루나무 잎들이 알지,
내 마음에서, 마음에서 눈물 나는 줄을,
나 보고 싶은 사람, 나 한 번 보게 하여 주소,
우리 작은놈 날 보고 싶어 하지,
건넌집 갓난이도 날 보고 싶을 테지,
나도 보고 싶다, 너희들이 어떻게 자라는 것을.
나 하고 싶은 노릇 나 하게 하여 주소.
못 잊혀 그리운 너의 품속이여!
못 잊히고, 못 잊혀 그립길래 내가 괴로워하는 조선이여.

마음에서 오늘날 눈물이 난다.
앞뒤 한길 포플라 잎들이 안다
마음속에 마음의 비가 오는 줄을,
갓난이야 갓놈아 나 바라보라
아직도 한길 위에 인기척 있나,
무엇 이고 어머니 오시나 보다.
부뚜막 쥐도 이젠 달아났다.

만리성萬里城

밤마다 밤마다
온 하룻밤
쌓았다 헐었다
긴 만리성!

밤

홀로 잠들기가 참말 외로워요
맘에는 사무치도록 그리워요
이리도 무던히
아주 얼굴조차 잊힐 듯해요.

벌써 해가 지고 어두운데요,
이곳은 인천에 제물포, 이름난 곳,
부슬부슬 오는 비에 밤이 더디고
바다 바람이 춥기만 합니다.

다만 고요히 누워 들으면
다만 고요히 누워 들으면
하이얗게 밀어드는 봄 밀물이
눈앞을 가로막고 흐느낄 뿐이야요.

사랑의 선물

님 그리고 방울방울 흘린 눈물
진주 같은 그 눈물을
썩지 않은 붉은 실에
꿰이고 또 꿰여
사랑의 선물로써
님의 목에 걸어줄라.

산

산새도 오리나무
위에서 운다
산새는 왜 우노, 시메 산골
영嶺 넘어 갈라고 그래서 울지.

눈은 내리네, 와서 덮이네.
오늘도 하룻길
칠팔십 리
돌아서서 육십 리는 가기도 했소.

불귀不歸, 불귀, 다시 불귀,
삼수갑산에 다시 불귀.
사나이 속이라 잊으련만,
십오 년 정분을 못 잊겠네

산에는 오는 눈, 물에는 녹는 눈.
산새도 오리나무
위에서 운다.
삼수갑산 가는 길은 고개의 길.

왕십리

비가 온다
오누나
오는 비는
올지라도 한 닷새 왔으면 좋지.

여드레 스무날엔
온다고 하고
초하루 삭망이면 간다고 했지.
가도 가도 왕십리 비가 오네.

웬걸, 저 새야
울려거든
왕십리 건너가서 울어나다오,
비 맞아 나른해서 벌새가 운다.

천안에 삼거리 실버들도
촉촉이 젖어서 늘어졌다네.
비가 와도 한 닷새 왔으면 좋지.
구름도 산마루에 걸려서 운다.

초혼

산산이 부서진 이름이여!
허공중에 헤어진 이름이여!
불러도 주인 없는 이름이여!
부르다가 내가 죽을 이름이여!

심중에 남아 있는 말 한 마디는
끝끝내 마저 하지 못하였구나.
사랑하던 그 사람이여!
사랑하던 그 사람이여!

붉은 해는 서산마루에 걸리었다.
사슴의 무리도 슬피 운다.
떨어져 나가 앉은 산 위에서
나는 그대의 이름을 부르노라.

설움에 겹도록 부르노라.
설움에 겹도록 부르노라.
부르는 소리는 비껴가지만
하늘과 땅 사이가 너무 넓구나.

선 채로 이 자리에 돌이 되어도
부르다가 내가 죽을 이름이여!
사랑하던 그 사람이여!
사랑하던 그 사람이여!

개여울의 노래

그대가 바람으로 생겨났으면!
달 돋는 개여울의 빈 들 속에서
내 옷의 앞자락을 불기나 하지.

우리가 굼벙이로 생겨났으면!
비 오는 저녁 캄캄한 녕기슭의
미욱한 꿈이나 꾸어를 보지.

만일에 그대가 바다난 끝의
벼랑에 돌로나 생겨났더면,
둘이 안고 굴며 떨어나지지.

만일에 나의 몸이 불귀신이면
그대의 가슴속을 밤 도와 태워
둘이 함께 재 되어 스러지지.

눈물이 수르르 흘러납니다

눈물이 수르르 흘러납니다,
당신이 하도 못 잊게 그리워서
그리 눈물이 수르르 흘러납니다.

잊히지도 않는 그 사람은
아주나 내버린 것이 아닌데도,
눈물이 수르르 흘러납니다.

가뜩이나 설운 맘이
떠나지 못할 운運에 떠난 것도 같아서
생각하면 눈물이 수르르 흘러납니다.

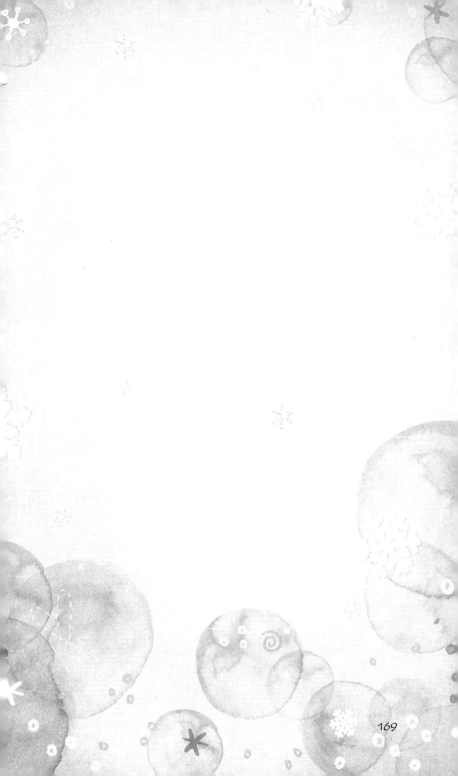

분粉 얼굴

불빛에 떠오르는 샛보얀 얼굴,
그 얼굴이 보내는 호젓한 냄새,
오고가는 입술의 주고받는 잔盞,
가느스름한 손길은 아른대여라.

검으스러하면서도 붉으스러한
어렴풋하면서도 다시 분명한
줄그늘 위에 그대의 목소리,
달빛이 수풀 위를 떠 흐르는가.

그대하고 나하고 또는 그 계집
밤에 노는 세 사람, 밤의 세 사람,
다시금 술잔 위의 긴 봄밤은
소리도 없이 창밖으로 새여 빠져라.

바다가 변하여 뽕나무밭 된다고

걷잡지 못할 만한 나의 이 설움,
저무는 봄 저녁에 져가는 꽃잎,
져가는 꽃잎들은 나부끼어라.
예로부터 일러 오며 하는 말에도
바다가 변하여 뽕나무밭 된다고.
그러하다, 아름다운 청춘의 때에
있다던 온갖 것은 눈에 설고
다시금 낯모르게 되나니,
보아라, 그대여, 서럽지 않은가,
봄에도 삼월의 져가는 날에
붉은 피같이도 쏟아져 내리는
저기 저 꽃잎들을, 저기 저 꽃잎들을.

외로운 무덤

그대 가자 맘속에 생긴 이 무덤
봄은 와도 꽃 하나 안 피는 무덤.

그대 간 지 십 년에 뭐라 못 잊고
제철마다 이다지 생각 새론고.

때 지나면 모두 다 잊는다 하나
어제런 듯 못 잊을 서러운 그 옛날.

안타까운 이 심사 둘 곳이 없어
가슴 치며 눈물로 봄을 맞노라.

무덤

그 누가 나를 헤내는 부르는 소리
붉으스럼한 언덕, 여기저기
돌무더기도 움직이며, 달빛에,
소리만 남은 노래 서리워 엉겨라,
옛 조상들의 기록을 묻어둔 그곳!
나는 두루 찾노라, 그곳에서,
형적 없는 노래 흘러 퍼져,
그림자 가득한 언덕으로 여기저기,
그 누가 나를 헤내는 부르는 소리
부르는 소리, 부르는 소리,
내 넋을 잡아끌어 헤내는 부르는 소리.

오시는 눈

땅 위에 새하얗게 오시는 눈.
기다리는 날에는 오시는 눈.
오늘도 저 안 온 날 오시는 눈.
저녁불 켤 때마다 오시는 눈.

눈

새하얀 흰 눈, 가비얍게 밟을 눈
재 같아서 날릴 듯 꺼질 듯한 눈
바람엔 흩어져도 불길에야 녹을 눈
계집의 마음, 님의 마음.

하다못해 죽어 달려가 올라

아주 나는 바랄 것 더 없노라
빛이랴 허공이랴,
소리만 남은 내 노래를
바람에나 띄워서 보낼밖에.
하다못해 죽어 달려가 올라
좀 더 높은 데서나 보았으면!

한세상 다 살아도
살은 뒤 없을 것을,
내가 다 아노라 지금까지
살아서 이만큼 자랐으니,
예전에 지내본 모든 일을
살았다고 이를 수 있을진댄!

물가의 닳아져 널린 굴꺼풀에
붉은 가시덤불 뻗어 늙고
어득어득 저문 날을
비바람에 울지는 돌무더기
하다못해 죽어 달래가 옳나
밤의 고요한 때라도 지켰으면!

바라건대는 우리에게
우리의 보섭 대일 땅이 있었다면

나는 꿈꾸었노라, 동무들과 내가 가지런히
벌가의 하루 일을 다 마치고
석양에 마을로 돌아오는 꿈을,
즐거이, 꿈 가운데.

그러나 집 잃은 내 몸이여,
바라건대는 우리에게 우리의 보섭 대일 땅이 있었다면!
이처럼 떠돌으랴, 아침에 저물 손에
새라 새로운 탄식을 얻으면서.

동東이랴, 남북南北이랴,
내 몸은 떠가나니, 볼지어다,
희망의 반짝임은, 별빛이 아득임은.
물결뿐 떠올라라, 가슴에 팔다리에.

그러나 어쩌면 황송한 이 심정을! 날로 나날이 내 앞에는
자칫 가늘은 길이 이어가라. 나는 나아가리라
한 걸음, 또 한 걸음. 보이는 산비탈엔
온 새벽 동무들 저저 혼자…… 산경山耕을 김매이는.

우리 집

이바루
외따로 와 지나는 사람 없으니
「밤 자고 가자」 하며 나는 앉아라.

저 멀리, 하느편便에
배는 떠나 나가는
노래 들리며

눈물은
흘러내려라
스르르 내려감는 눈에.

꿈에도 생시에도 눈에 선한 우리 집
또 저 산 넘어 넘어
구름은 가라.

첫 치마

봄은 가나니 저문 날에,
꽃은 지나니 저문 봄에,
속없이 우나니, 지는 꽃을,
속없이 느끼나니 가는 봄을.
꽃 지고 잎 진 가지를 잡고
미친 듯 우나니, 집난이는
해 다 지고 저문 봄에
허리에도 감은 첫 치마를
눈물로 함빡히 쥐어짜며
속없이 우노라 지는 꽃을,
속없이 느끼노라, 가는 봄을.

묵념

이슥한 밤, 밤기운 서늘할 제
홀로 창턱에 걸터앉아 두 다리 늘이우고
첫 머구리* 소리를 들어라.
애처롭게도, 그대는 먼첨* 혼자서 잠드누나.

내 몸은 생각에 잠잠할 때. 희미한 수풀로써
촌가村家의 액厄막이* 제祭 지내는 불빛은 새어오며,
이윽고, 비난수*도 머구리 소리와 함께 잦아져라.
가득히 차오는 내 심령心靈은…… 하늘과 땅 사이에.

나는 무심히 일어 걸어 그대의 잠든 몸 위에 기대어라
움직임 다시없이, 만뢰萬籟*는 구적俱寂*한데,
조요照耀*히 내려 비추는 별빛들이
내 몸을 이끌어라, 무한히 더 가깝게.

* 머구리 : '개구리'의 방언
* 먼첨 : '먼저'의 방언
* 액막이 : 가정이나 개인에게 닥칠 액을 미리 막는 일
* 비난수 : 귀신에게 비는 소리
* 만뢰萬籟 : 자연계에서 나는 온갖 소리
* 구적俱寂 : 모두 적막하고 고요함
* 조요照耀 : 밝게 비쳐서 빛남

엄숙

나는 혼자 뫼 위에 올랐어라.
솟아 퍼지는 아침 햇볕에
풀잎도 번쩍이며
바람은 속삭여라.
그러나
아아 내 몸의 상처傷處 받은 맘이여
맘은 오히려 저리고 아픔에 고요히 떨려라
또 다시금 나는 이 한때에
사람에게 있는 엄숙을 모두 느끼면서.

설움의 덩이

꿇어앉아 올리는 향로香爐의 향香불.
내 가슴에 조그만 설움의 덩이.
초닷새 달 그늘에 빗물이 운다.
내 가슴에 조그만 설움의 덩이.

희망

날은 저물고 눈이 내려라
낯선 물가로 내가 왔을 때,
산속의 올빼미 울고 울며
떨어진 잎들은 눈 아래로 깔려라.

아아! 숙살肅殺*스러운 풍경이여
지혜의 눈물을 내가 얻을 때!
이제금 알기는 알았건마는!
이 세상 모든 것을

한갓 아름다운 눈어림의
그림자뿐인 줄을.

이울어 향기 깊은 가을밤에
우무주러진 나무 그림자
바람과 비가 우는 낙엽 위에

* 숙살肅殺 : 쌀쌀한 가을 기운이 풀이나 나무를 말려 죽임, 기운이
나 분위기 따위가 냉랭하고 살벌함

추회追悔

나쁜 일까지라도 생의 노력,
그 사람은 선사善事도 하였어라
그러나 그것도 허사虛事라고!
나 역시 알지마는, 우리들은
끝끝내 고개를 넘고 넘어
짐 싣고 닫던 말도 순막집의
허청虛廳가, 석양夕陽 손에
고요히 조으는 한때는 다 있나니,
고요히 조으는 한때는 다 있나니.

바람과 봄

봄에 부는 바람, 바람 부는 봄,
작은 가지 흔들리는 부는 봄바람,
내 가슴 흔들리는 바람, 부는 봄,
봄이라 바람이라 이 내 몸에는
꽃이라 술잔盞이라 하며 우노라.

몹쓸 꿈

봄 새벽의 몹쓸 꿈
깨고 나면!
우짖는 까막까치, 놀라는 소리,
너희들은 눈에 무엇이 보이느냐.

봄철의 좋은 새벽, 풀이슬 맺혔어라.
볼지어다, 세월은 도무지 편안한데,
두서없는 저 까마귀, 새들에게 우짖는 저 까치야,
나의 흉凶한 꿈 보이느냐?

고요히 또 봄바람은 봄의 빈 들을 지나가며,
이윽고 동산에서는 꽃잎들이 흩어질 때,
말 들어라, 애틋한 이 여자女子야, 사랑의 때문에는
모두 다 사나운 조짐인 듯, 가슴을 뒤노아라.

천리만리

말리지 못할 만치 몸부림하며
마치 천리만리나 가고도 싶은
맘이라고나 하여 볼까.
한줄기 쏜살같이 뻗은 이 길로
줄곧 치달아 올라가면
불붙는 산山의, 불붙는 산山의
연기는 한두 줄기 피어올라라.

부부

오오 아내여, 나의 사랑!
하늘이 묶어준 짝이라고
믿고 살음이 마땅치 아니한가.
아직 다시 그러랴, 안 그러랴?
이상하고 별나운 사람의 맘,
저 몰라라, 참인지, 거짓인지?
정분情分으로 얽은 딴 두 몸이라면.
서로 어그점인들 또 있으랴.
한평생이라도 반백년
못 사는 이 인생에!
연분의 긴 실이 그 무엇이랴?
나는 말하려노라, 아무려나,
죽어서도 한 곳에 묻히더라.

두 사람

흰 눈은 한 잎
또 한 잎
영嶺 기슭을 덮을 때.
짚신에 감발*하고 길심 매고
우뚝 일어나면서 돌아서도……
다시금 또 보이는
다시금 또 보이는.

* 감발 : 버선이나 양말 대신 발에 감는 좁고 긴 무명천

술

술은 물이외다, 물이 술이외다.
술과 물은 사촌이외다. 한데,
물을 마시면 정신을 깨우치지만서도
술을 마시면 몸도 정신도 다 태웁니다.

술은 부채외다, 술은 풀무외다.
풀무는 바람개비외다, 바람개비는
바람과 도깨비의 어우름 자식이외다.
술은 부채요 풀무요 바람개비외다.

술, 마시면 취케 하는 다정한 술,
좋은 일에도 풀무가 되고 언짢은 일에도
매듭진 맘을 풀어주는 시원스러운 술,
나의 혈관 속에 있을 때에 술은 나외다.

되어가는 일에 부채질하고
안 되어가는 일에도 부채질합니다.
그대여, 그러면 우리 한 잔 듭세, 우리 이 일에
일이 되어가도록만 마시니 괜찮을 걸세.

술은 물이외다, 돈이외다.
술은 돈이외다, 술도 물도 돈이외다.
물도 쓰면 줄고 없어집니다.
술을 마시면 돈을 마시는 게요, 물을 마시는 거외다.

213

제 4 장

달맞이

훗길

어버이님네들이 외우는 말이
딸과 아들을 기르기는
훗길을 보자는 심성心誠이로라.
그러하다, 분명히 그네들도
두 어버이 틈에서 생겼어라.
그러나 그 무엇이냐, 우리 사람!
손들어 가르치던 먼 훗날에
그네들이 또다시 자라 커서
한결같이 외우는 말이
훗길을 두고 가자는 심성으로
아들딸을 늙도록 기르노라.

후살이

홀로 된 그 여자
근일近日에 와서는 후살이 간다 하여라.
그렇지 않으랴, 그 사람 떠나서
이제 십 년, 저 혼자 더 살은 오늘날에 와서야……
모두 다 그럴듯한 사람 사는 일레요.

하늘 끝

불현듯
집을 나서 산을 치달아
바다를 내다보는 나의 신세여!
배는 떠나 하늘로 끝을 가누나!

집 생각

산에나 올라서서
바다를 보라
사면에 백百 열 리里, 창파 중에
객선만 둥둥…… 떠나간다.

명산대찰이 그 어디메냐
향안香案, 향합香盒, 대그릇에,
석양이 산머리 넘어가고
사면에 백 열 리, 물소리라

젊어서 꽃 같은 오늘날로
금의錦衣로 환고향還故鄕하옵소사.
객선만 둥둥…… 떠나간다
사면에 백 열 리, 나 어찌 갈까

까투리도 산속에 새끼 치고
타관만리에 와 있노라고
산중만 바라보며 목메인다
눈물이 앞을 가리운다고

들에나 내려오면
쳐다보라
해님과 달님이 넘나든 고개
구름만 첩첩⋯⋯떠돌아간다

들돌이

들꽃은
피어
흩어졌어라.

들풀은
들로 한 벌 가득히 자라 높았는데
뱀의 헐벗은 묵은 옷은
길 분전의 바람에 날아돌아라.

저 보아, 곳곳이 모든 것은
번쩍이며 살아 있어라.
두 나래 펼쳐 떨며
소리개도 높이 떴어라.

때에 이내 몸
가다가 또다시 쉬기도 하며,
숨에 찬 내 가슴은
기쁨으로 채워져 사뭇 넘쳐라.

걸음은 다시금 또 더 앞으로······

담배

나의 긴 한숨을 동무하는
못 잊게 생각나는 나의 담배!
내력을 잊어버린 옛 시절에
낳다가 새 없이 몸이 가신
아씨님 무덤 위의 풀이라고
말하는 사람도 보았어라.
어물어물 눈앞에 쓰러지는 검은 연기,
다만 타붙고 없어지는 불꽃.
아 나의 괴로운 이 맘이여.
나의 하염없이 쓸쓸한 많은 날은
너와 한가지로 지나가라.

닭은 꼬꾸요

닭은 꼬꾸요, 꼬꾸요 울 제,
헛잡으니 두 팔은 밀려났네.
애도 타리만치 기나긴 밤은……
꿈 깨친 뒤엔 감도록 잠 아니 오네.

위에는 청초靑草 언덕, 곳은 깁섬,
엇저녁 대인 남포南浦 뱃간.
몸을 잡고 뒤재며 누웠으면
솜솜하게도 감도록 그리워 오네.

아무리 보아도
밝은 등불, 어스렷한데.
감으면 눈 속엔 흰 모래밭,
모래에 어린 안개는 물 위에 슬 제

대동강 뱃나루에 해 돋아오네.

닭소리

그대만 없게 되면
가슴 뛰는 닭소리 늘 들어라.

밤은 아주 새어올 때
잠은 아주 달아날 때

꿈은 이루기 어려워라.

저리고 아픔이여
살기가 왜 이리 고달프냐.

새벽 그림자 산란散亂한 들풀 위를
혼자서 거닐어라.

달맞이

정월 대보름날 달맞이,
달맞이 달마중을, 가자고!
새라 새 옷은 갈아입고도
가슴엔 묵은 설움 그대로,
달맞이 달마중을, 가자고!
달마중 가자고 이웃집들!
산 위에 수면水面에 달 솟을 때,
돌아들 가자고, 이웃집들!
모작별 삼성이 떨어질 때.
달맞이 달마중을 가자고!
다니던 옛 동무 무덤가에
정월 대보름날 달맞이!

남의 나라 땅

돌아다 보이는 무쇠다리,
얼결에 띄워 건너서서
숨 고르고 발 놓는 남의 나라 땅.

낙천樂天

살기에 이러한 세상이라고
맘을 그렇게나 먹어야지,
살기에 이러한 세상이라고,
꽃 지고 잎 진 가지에 바람이 운다.

꿈

1

닭 개 짐승조차도 꿈이 있다고
이르는 말이야 있지 않은가,
그러하다, 봄날은 꿈꿀 때.
내 몸에야 꿈이나 있으랴,
아아 내 세상의 끝이여,
나는 꿈이 그리워, 꿈이 그리워.

2

꿈? 영靈의 헤적임. 설움의 고향.
울자, 내 사랑, 꽃 지고 저무는 봄.

깊이 믿던 심성心誠

깊이 믿던 심성이 황량한 내 가슴속에,
오고가는 두서너 구우舊友를 보면서 하는 말이
이제는, 당신네들도 다 쓸데없구려!

개아미

진달래꽃이 피고
바람은 버들가지에서 울 때,
개아미*는
허리 가늣한 개아미는
봄날의 한나절, 오늘 하루도
고달피 부지런히 집을 지어라.

※ 개아미 : '개미' 의 제주도 사투리

밭고랑 위에서

우리 두 사람은
키 높이 가득 자란 보리밭, 밭고랑 위에 앉았어라.
일을 마치고 쉬는 동안의 기쁨이여.
지금 두 사람의 이야기에는 꽃이 필 때.

오오 빛나는 태양은 내려 쪼이며
새 무리들도 즐거운 노래, 노래 불러라.
오오 은혜여, 살아 있는 몸에는 넘치는 은혜여,
모든 은근스러움이 우리의 맘속을 차지하여라.

세계의 끝은 어디? 자애의 하늘은 넓게도 덮였는데,
우리 두 사람은 일하며, 살아 있어서.
하늘과 태양을 바라보아라 날마다 날마다도,
새라 새로운 환희를 지어내며, 늘 같은 땅 위에서.

다시 한 번 활기 있게 웃고 나서, 우리 두 사람은
바람에 일리우는 보리밭 속으로
호미 들고 들어갔어라, 가지런히 가지런히.
걸어 나아가는 기쁨이여, 오오 생명의 향상이여.

첫사랑

아까부터 노을은 오고 있었다.
내가 만약 달이 된다면
지금 그 사람의 창가에도
아마 몇 줄기는 내려지겠지

사랑하기 위하여
서로를 사랑하기 위하여
숲속의 외딴집 하나
거기 초록빛 위 구구구
비둘기 산다

이제 막 장미가 시들고
다시 무슨 꽃이 피려 한다.

아까부터 노을은 오고 있었다.
산 너머 갈매 하늘이
호수에 가득 담기고
아까부터 노을은 오고 있었다.

지연紙鳶

오후의 네 길거리 해가 들었다,
시정市井의 첫 겨울의 적막함이여,
우둑히 문어귀에 혼자 섰으면,
흰 눈의 잎사귀, 지연紙鳶이 뜬다.

제비

하늘로 날아다니는 제비의 몸으로도
일정一定한 깃을 두고 돌아오거든!
어찌 설지 않으랴, 집도 없는 몸이야!

하늘 높이 날아다니는 제비의 몸으로도
일정一定한 깃을 두고 오가며 돌아오거든,
어찌 설지 않으랴, 집도 없는 몸이야!

전망展望

부옇한 하늘, 날도 채 밝지 않았는데,
흰 눈이 우멍구멍 쌓인 새벽,
저 남편便 물가 위에
이상한 구름은 층층대 떠올라라.

마을 아기는
무리지어 서재로 올라들 가고,
시집살이하는 젊은이들은
가끔가끔 우물길 나들어라.

소삭蕭索한* 난간 위를 거닐으며
내가 볼 때 온 아침, 내 가슴의,
좁혀 옮긴 그림장張이 한 옆을,
한갓 더운 눈물로 어룽지게.

어깨 위에 총銃 메인 사냥바치
반백의 머리털에 바람 불며
한 번 달음박질. 올 길 다 왔어라.
흰 눈이 만산편야滿山遍野에 쌓인 아침.

* 소삭蕭索한 : 고요하고 쓸쓸한

월색月色

달빛은 밝고 귀뚜라미 울 때는
우둑히 시멋 없이 잡고 섰던 그대를
생각하는 밤이여, 오오 오늘밤
그대 찾아 데리고 서울로 가나?

오는 봄

봄날이 오리라고 생각하면서
쓸쓸한 긴 겨울을 지나보내라.
오늘 보니 백양白楊의 뻗은 가지에
전에 없이 흰 새가 앉아 울어라.

그러나 눈이 깔린 두던 밑에는
그늘이냐 안개냐 아지랑이냐.
마을들은 곳곳이 움직임 없이
저편 하늘 아래서 평화롭건만.

새들게 지껄이는 까치의 무리.
바다를 바라보며 우는 까마귀.
어디로써 오는지 종경 소리는
젊은 아기 나가는 조곡吊曲일러라.

보라 때에 길손도 머뭇거리며
지향 없이 갈 발이 곳을 몰라라.
사무치는 눈물은 끝이 없어도
하늘을 쳐다보는 삶음의 기쁨.

저마다 외로움의 깊은 근심이
오도가도 못 하는 망상거림에
오늘은 사람마다 님을 여의고
곳을 잡지 못하는 설움일러라.

오기를 기다리는 봄의 소리는
때로 여윈 손끝을 울릴지라도
수풀 밑에 서리운 머리카락들은
걸음걸음 괴로이 발에 감겨라.

261

여자의 냄새

푸른 구름의 옷 입은 달의 냄새.
붉은 구름의 옷 입은 해의 냄새.
아니, 땀 냄새, 때 묻은 냄새,
비에 맞아 차가운 살과 옷 냄새.

푸른 바다…… 어즐이는 배……
보드라운 그리운 어떤 목숨의
조그마한 푸릇한 그무러진 영靈
어우러져 비끼는 살의 아우성……

다시는 장사葬事 지나간 숲속의 냄새.
유령幽靈 실은 널뛰는 뱃간의 냄새.
생고기의 바다의 냄새.
늦은 봄의 하늘을 떠도는 냄새.

모래 둔덕 바람은 그물 안개를 불고
먼 거리의 불빛은 달 저녁을 울어라.
냄새 많은 그 몸이 좋습니다.
냄새 많은 그 몸이 좋습니다.

여름의 달밤

서늘하고 달 밝은 여름밤이여
구름조차 희미한 여름밤이여
그지없이 거룩한 하늘로서는
젊음의 붉은 이슬 젖어 내려라.

행복의 맘이 도는 높은 가지의
아슬아슬 그늘 잎새를
배불러 기어 도는 어린 벌레도
아아 모든 물결은 복福받았어라.

뻗어 뻗어 오르는 가시 덩굴도
희미하게 흐르는 푸른 달빛이
기름 같은 연기에 멱감을러라.
아아 너무 좋아서 잠 못 들어라.

우긋한 풀대들은 춤을 추면서
갈잎들은 그윽한 노래 부를 때.
오오 내려 흔드는 달빛 가운데
나타나는 영원永遠을 말로 새겨라.

자라는 물벼 이삭벌에서 불고
마을로 은銀숫듯이 오는 바람은
눅잣추는 향기를 두고 가는데
인가人家들은 잠들어 고요하여라.

하루 종일 일하신 아기 아버지
농부들도 편안히 잠들었어라.
영 기슭의 어둑한 그늘 속에선
쇠스랑과 호미뿐 빛이 피어라.

이윽고 씩새리*의 우는 소리는
밤이 들어가면서 더욱 잦을 때
나락밭 가운데의 우물가에는
농녀農女의 그림자가 아직 있어라.

달빛은 그 무리며 넓은 우주에
잃어졌다 나오는 푸른 별이요.
씩새리의 울음의 넘는 곡조요.
아아 기쁨 가득한 여름밤이여.

* 씩새리 : '귀뚜라미'의 방언

삼간집에 불붙는 젊은 목숨의
정열에 목 맺히는 우리 청춘은
서늘한 여름 밤 잎새 아래의
희미한 달빛 속에 나부끼어라.

한때의 자랑 많은 우리들이여
농촌에서 지나는 여름보다도
여름의 달밤보다 더 좋은 것이
인간에 이 세상에 다시 있으랴.

조그만 괴로움도 내어버리고
고요한 가운데서 귀 기울이며
흰 달의 금물결에 노櫓를 저어라
푸른 밤의 하늘로 목을 놓아라.

아아 찬양하여라 좋은 한때를
흘러가는 목숨을 많은 행복을.
여름의 어스러한 달밤 속에서
꿈같은 즐거움의 눈물 흘러라.

어인漁人

헛된 줄 모르고나 살면 좋아도!
오늘도 저 너머편便 마을에서는
고기잡이 배 한 척 길 떠났다고.
작년에도 바다놀*이 무서웠건만.

* 바다놀 : 바다의 크고 사나운 물결

어버이

잘 살며 못 살며 할 일이 아니라
죽지 못해 산다는 말이 있나니,
바이 죽지 못할 것도 아니지마는
금년에 열네 살, 아들딸이 있어서
순복이 아버님은 못 하노란다.

불운不運에 우는 그대여

불운에 우는 그대여, 나는 아노라
무엇이 그대의 불운을 지었는지도,
부는 바람에 날려,
밀물에 흘러,
굳어진 그대의 가슴속도.
모두 지나간 나의 일이면.
다시금 또 다시금
적황赤黃의 포말은 북고어라, 그대의 가슴속의
암청의 이끼여, 거치른 바위
치는 물가의.

실제失題

1
동무들 보십시오 해가 집니다
해지고 오늘날은 가노랍니다
윗옷을 잽시 빨리 입으십시오
우리도 산마루로 올라갑시다

동무들 보십시오 해가 집니다
세상의 모든 것은 빛이 납니다
이제는 주춤주춤 어둡습니다
예서 더 저문 때를 밤이랍니다

동무들 보십시오 밤이 옵니다
박쥐가 발부리에 일어납니다
두 눈을 인제 그만 감으십시오
우리도 골짜기로 내려갑시다

2
이 가람과 저 가람이 모두처 흘러
그 무엇을 뜻하는고?

미더움을 모르는 당신의 맘

죽은 듯이 어두운 깊은 골의
꺼림칙한 괴로운 몹쓸 꿈의
퍼르죽죽한 불길은 흐르지만
더듬기에 지치운 두 손길은
불어가는 바람에 식히셔요

밝고 호젓한 보름달이
새벽의 흔들리는 물노래로
수줍음에 추움에 숨을 듯이
떨고 있는 물 밑은 여기외다.

미더움을 모르는 당신의 맘

저 산과 이 산이 마주서서
그 무엇을 뜻하는고?

서울 밤

붉은 전등.
푸른 전등.
넓다란 거리면 푸른 전등.
막다른 골목이면 붉은 전등.
전등은 반짝입니다.
전등은 그무립니다.
전등은 또다시 어스럿합니다.
전등은 죽은 듯한 긴 밤을 지킵니다.

나의 가슴의 속모를 곳의
어둡고 밝은 그 속에서도
붉은 전등이 흐드겨 웁니다.
푸른 전등이 흐드겨 웁니다.

붉은 전등.
푸른 전등.
머나먼 밤하늘은 새캄합니다.
머나먼 밤하늘은 새캄합니다.

서울 거리가 좋다고 해요.

서울 밤이 좋다고 해요.

붉은 전등.

푸른 전등.

나의 가슴의 속모를 곳의

푸른 전등은 고적합니다.

붉은 전등은 고적합니다.

마른 강江 두덕에서

서리 맞은 잎들만 쌔울지라도
그 밑에야 강물의 자취 아니랴
잎새 위에 밤마다 우는 달빛이
흘러가던 강물의 자취 아니랴

빨래 소리 물소리 선녀의 노래
물 스치던 돌 위엔 물때뿐이라
물때 묻은 조약돌 마른 갈숲이
이제라고 강물의 터야 아니랴

빨래 소리 물소리 선녀의 노래
물 스치던 돌 위엔 물때뿐이라

수아樹芽

섧다 해도
웬만한,
봄이 아니어,
나무도 가지마다 눈을 텄어라!

등불과 마주 앉았으려면

적적히
다만 밝은 등불과 마주 앉았으려면
아무 생각도 없이 그저 울고만 싶습니다,
왜 그런지야 알 사람이 없겠습니다마는.

어두운 밤에 홀로이 누웠으려면
아무 생각도 없이 그저 울고만 싶습니다,
왜 그런지야 알 사람도 없겠습니다마는,
탓을 하자면 무엇이라 말할 수는 있겠습니다마는.

해 넘어가기 전 한참은

해 넘어가기 전 한참은
하염없기도 그지없다,
연주홍물 엎지른 하늘 위에
바람의 흰 비둘기 나돌으며 나뭇가지는 운다.

해 넘어가기 전 한참은
조마조마하기도 끝없다,
저의 맘을 제가 스스로 느꾸는* 이는 복 있나니
아서라, 피곤한 길손은 자리잡고 쉴지어다.

까마귀 좇닌다
종소리 비낀다.
송아지가 「음마」 하고 부른다.
개는 하늘을 쳐다보며 짖는다.

* 느꾸는 : '늦추는' 의 방언

해 넘어가기 전 한참은
처량하기도 짝없다
마을 앞 개천가의 체지體地 큰 느티나무 아래를
그늘진 데라 찾아 나가서 숨어 울다 올거나.

해 넘어가기 전 한참은
귀엽기도 더하다.
그렇거든 자네도 이리 좀 오시게
검은 가사로 몸을 싸고 염불이나 외우지 않으랴.

해 넘어가기 전 한참은
유난히 다정도 할세라
고요히 서서 물모루 모루모루
치마폭 번쩍 펼쳐들고 반겨오는 저 달을 보시오.

칠석七夕

저기서 반짝, 별이 총총,
여기서는 반짝, 이슬이 총총,
오며 가면서는 반짝, 빈딧불 총총,
강변에는 물이 흘러 그 소리가 돌돌이라.

까막까치 깃 다듬어
바람이 좋으니 솔솔이요,
구름물 속에는 달 떨어져서
그 달이 복판 깨여지니 칠월 칠석날에도 저녁은 반달이라.

까마귀 까왁, 「나는 가오.」까치 짹짹 「나도 가오.」
「하느님 나라의 은하수에 다리 놓으러 우리 가오.
아니라 작년에도 울었다오, 신틀 오빠가 울었다오.
금년에도 아니나 울니라오, 베틀 누나가 울니라오.」

「신틀 오빠, 우리 왔소.
베틀 누나, 우리 왔소.」
까마귀떼 첫 문안하니 그 문안은 반김이요,
까치떼가 문안하니 그 다음 문안이 「잘 있소」라.

「신틀 오빠, 우지 마오.」「베틀 누나, 우지 마오.」
「신틀 오빠님, 날이 왔소.」「베틀 누나님, 날이 왔소.」
은하수에 밤중만 다리 되어
베틀누나 신틀오빠 만나니 오늘이 칠석이라.

하늘에는 별이 총총, 하늘에는 별이 총총,
강변에서도 물이 흘러 소리조차 돌돌이라.
은하가 연년 잔별밭에
밟고 가는 자곡자곡 밟히는 별에 꽃이 피니
오늘이 사랑의 칠석이라.

집집마다 불을 다니 그 이름이 촛불이요,
해마다 봄철 돌아드니 그 무덤마다 멧부리요.
달 돋고 별 돋고 해가 돋아
하늘과 땅이 불붙으니 붙는 불이 사랑이라.

가며 오나니 반딧불 깜빡, 땅 위에도 이슬이 깜빡,
하늘에는 별이 깜빡, 하늘에는 별이 깜빡,
은하가 연년 잔별밭에
돌아서는 자곡자곡 밝히는 별이 숨기지니
오늘이 사랑의 칠석이라.

생과 사

살았대나 죽었대나 같은 말을 가지고
사람은 살아서 늙어서야 죽나니,
그러하면 그 역시 그럴 듯도 한 일을,
하필何必코 내 몸이라 그 무엇이 어째서
오늘도 산마루에 올라서서 우느냐.

사노라면 사람은 죽는 것을

하루라도 몇 번씩 내 생각은
내가 무엇하려고 살려는지?
모르고 살았노라, 그럴 말로
그러나 흐르는 저 냇물이
흘러가서 바다로 든댈진댄.
일로조차 그러면, 이내 몸은
애쓴다고는 말부터 잊으리라.
사노라면 사람은 죽는 것을
그러나, 다시 내 몸,
봄빛의 불붙는 사태흙에
집 짓는 저 개아미
나도 살려 하노라, 그와 같이
사는 날 그날까지
살음에 즐거워서,
사는 것이 사람의 본뜻이면
오오 그러면 내 몸에는
다시는 애쓸 일도 더 없어라
사노라면 사람은 죽는 것을.

비난수 하는 맘

함께 하려노라, 비난수 하는 나의 맘,
모든 것을 한 짐에 묶어 가지고 가기까지,
아침이면 이슬 맞은 바위의 붉은 줄로,
기어오르는 해를 바라다보며, 입을 벌리고.

떠돌아라, 비난수 하는 맘이어, 갈매기같이,
다만 무덤뿐이 그늘을 어른이는 하늘 위를,
바닷가의. 잃어버린 세상의 있다던 모든 것들은
차라리 내 몸이 죽어가서 없어진 것만도 못 하건만.

또는 비난수 하는 나의 맘, 헐벗은 산 위에서,
떨어진 잎 타서 오르는, 냇내의 한 줄기로,
바람에 나부끼라 저녁은, 흩어진 거미줄의
밤에 매던 이슬은 곧 다시 떨어진다고 할지라도.

함께하려 하노라, 오오 비난수 하는 나의 맘이여,
있다가 없어지는 세상에는
오직 날과 날이 닭소리와 함께 달아나버리며,
가까웁는, 오오 가까웁는 그대뿐이 내게 있거라!

작품 해설

1. 들어가며

　김소월(1902~1934)에 관한 연구는 한국 현대문학사 연구에서 중요한 위치를 차지하고 있다. 그가 가장 활발하게 작품을 창작하던 1920년대 초반은 사실주의, 낭만주의 등 서구의 문예사조가 유입되어 전통 사상과 신문예 사상이 공존하던 시기였다. 더구나 일제 강점기였기에 우리말을 사용하는 것조차 어려웠고 출판물의 검열, 삭제가 강화된 엄혹한 시기임에도 불구하고 소월은 우리말의 아름다움을 전통적 율조에 실어 우리 민족의 가장 보편적인 정서인 '정한情恨'을 작품에 담아냈다.

　권영민은 '김소월의 시는 서구 시의 형식을 번안하는 수준에 머물러 있던 한국 현대시의 형식에 새로운 독자적인 가능성을 부여하고 있다고 보았으며 그의 시가 보여주고 있는 정한의 세계가 좌절과 절망에 빠진 3.1운동 이후의 식민지 현실에서 비롯된 것임을 생각한다면, 그 비극적인

상황 인식 자체가 현실에 대한 거부의 의미를 담고 있다.'
라고 평하였다.[1]

앞서 언급했듯이 소월이 살았던 시기는 을사늑약으로 외
교권마저 박탈당한 일제 강점기였다. 시대적 상황으로 볼
때 '임에 대한 그리움'을 주제로 한 다수의 작품을 단순히
'연시戀詩'로만 볼 것이 아니라 '잃어버린 조국, 광복에
대한 염원'을 담은 시로 보는 것도 무리는 아닐 것이다.

안타깝게도 소월은 짧은 생을 살았지만 그가 남긴 작품
에 대한 연구는 실로 방대하다. 여기에서는 시집《진달래
꽃》을 중심으로, 그가 우리의 전통을 계승하고 발전시키
기 위해 작품에 담아냈던 전통적인 요소와 현실 인식 태도
에 관해 형식과 내용 측면으로 나누어 살펴보기로 하겠다.

---

1) 권영민, 《평양에 핀 진달래꽃》, 통일문학, 2002, pp.7-8. 김완성, 《김소월과 백석 시의
민족의식 연구》, 지식과 교양, 2012, p.20.에서 재인용.

2. 작품 살펴보기

1) 형식적 측면

　소월은 평안북도 구성에서 태어나 생애의 대부분을 그 지역과 인근에서 거주하였다. 그 때문에 소월의 작품은 그 지역의 방언과 풍속이 반영되어 향토성과 토속성을 한껏 드러내고 있다.

　(1) 방언을 통해 드러낸 우리말의 묘미

　| 진달래꽃 |
　말없이 / 고이 보내 / 드리오리다 /
　'고히(원문에는 '고히'로 표기됨. 평북 방언)'의 본딧말은 '고이'이며 '곱게'라는 뜻이다.

　| 접동새 |
　오오 불설워 /
　'불설워(평안 방언)'의 본딧말은 '불섧다'이며 '매우 서러워'라는 뜻이다.

| 바다 |

파랗게 / 좋이 물든 / 남藍빛 하늘에 /

'죠히(원문에는 '죠히'로 표기됨. 평북 방언)'의 본딧말은 '좋이'이며 '좋게, 아주 잘'이라는 뜻이다.

(2) 조어를 통해 드러낸 민요조의 묘미

시적 표현을 위해 민요조의 음수율(3·4조, 4·4조, 7·5조)에 맞춰 우리말의 아름다움을 살려냈다.

| 실제 |

윗옷을 / 잽시 빨리 / 입으십시오 /

'잽시 빨리'는 '잼싸다+빨리'가 합성된 조어이다.

| 접동새 |

접동 / 접동 / 아우래비접동 /

'아우래비접동'의 원뜻은 '아홉 오라비 접동'이며 운율을 살리기 위해 의도적으로 변용한 조어이다.

이처럼 소월이 민요조의 시를 쓴 이유는 서구의 문예 사상과 우리의 전통 사상이 혼재하던 시기에 우리 민족의 고유한 정서를 살리고 전통을 계승하려는 의지를 드러내기 위함이라 볼 수 있다. 이러한 민요조의 리듬 때문에 음악성을 겸비한 그의 작품 중 다수(〈진달래꽃〉, 〈부모〉, 〈엄마야 누나야〉, 〈못 잊어〉 등)가 오늘날 악곡이 덧붙여져 노래로 불리며 많은 사랑을 받고 있다.

2) 내용적 측면

(1) 임을 향한 그리움, 이별의 정한

소월의 대표작이라 볼 수 있는 〈진달래꽃〉은 임을 떠나보내면서도 임이 가시는 길마다 꽃을 뿌려 '사뿐히 즈려밟고 가시'라는 축복 아닌 축복을 하는 헌신적이고 자기희생 의지를 보이는 여성적 어조가 드러난 작품이다. 하지만 시의 마지막 부분에서는 임이 떠나신다 해도 '죽어도 아니 눈물 흘리겠다'는 결연한 의지를 보이기도 한다. 이는 표현 그대로 받아들일 것이 아니라 '임이 떠나시면 나는 하루하루를 눈물로 지새울 것'이라는 화자의 심정이 반어적으로 표출된 것이라 볼 수 있다. 떠나는 임이 원망스럽고 붙잡고도 싶지만 그러지 못하고 이별의 슬픔을 참아내야만 하는 여인의 '연시戀詩'라 볼 수 있다.

감정을 그대로 표출하지 못하고 억누르며 참아내는 '한

恨'의 정서는 우리 민족이 가진 고유하고도 보편적인 정서이다. 그 때문에 〈진달래꽃〉은 우리의 민족적 정서를 가장 잘 대변하는 작품이라 볼 수 있다.

〈먼 후일〉 역시 떠난 임을 잊지 못하고 그리워하며 먼 훗날 언젠가 그때가 되면 그대를 잊었노라고 말하겠다며 임을 향한 변치 않는 마음을 노래한 작품이다. 살다 보면 언젠가는 잊을 수도 있을 거라 생각하며 떠난 임을 그리워하는 〈못 잊어〉, 봄날에 아름답게 피어 있는 꽃을 보며 이 계절이 다 가기 전에 임이 오시길 염원하는 〈그리워〉, 구름이라도 잡아타고 임 계신 곳으로 날아가 비가 되어 내리고 싶은 애달픈 마음을 드러낸 〈구름〉, 임이 부재한 상황에서도 임은 항상 화자의 가슴에 남아 있기에 임의 노래가 들린다고 표현한 〈님의 노래〉, 해가 뜨고 지는 지극히 당연한 자연 현상도 화자는 임이 존재하기에 가능한 것이라고 말하며 모든 사물과 현상에 임을 투영하여 바라본 〈해가 산마루에 저물어도〉 등 '그리운 임의 부재에 대한 안타까움'을 형상화한 많은 작품들을 볼 수 있다.

(2) 토속적 소재를 통해 드러낸 우리의 민속성

민속 의식의 반영

〈초혼招魂〉은 죽은 자의 영혼을 부르는 '초혼招魂' 의식을 바탕으로 한 작품이다. '초혼 의식' 이란 사람이 죽었을 때에 그 혼을 소리쳐 부르는 일로, 죽은 사람이 생시에 입던 윗옷을 가지고 지붕에 올라서거나 마당에 서서 왼손으로는 옷깃을 잡고 오른손으로는 옷의 허리 부분을 잡은 뒤 북쪽을 향하여 '아무 동네 아무개 복復' 이라고 세 번 부르는 민속 의식이다. 화자는 이러한 초혼 의식을 통해 떠난 임을 사무치게 그리워하며 마지막 순간까지도 함께 하고 있다. 설움에 겹도록 임의 이름을 불러보지만 '하늘과 땅 사이가 너무 넓어' 차마 닿지 못하는 화자의 안타까운 심정을 잘 드러낸 작품이다.

〈달맞이〉는 정월 대보름에 하는 우리의 민속놀이이자 의식인 '달맞이' 를 소재로 한 작품이다. '달맞이' 는 음력 정월 대보름날 또는 팔월 대보름날 저녁에 산이나 들에 나가 달이 뜨기를 기다려 달을 맞이하는 일로서, 달을 보고 소원을 빌기도 하고 달빛에 따라 1년 농사를 미리 점치기도 한다.

이처럼 소월은 '초혼 의식' 과 '달맞이' 라는 우리 고유의 민속 의식을 작품 속에 담아내며 우리의 향토성과 민속성을 잘 표현하고 있다.

설화의 차용

의붓어미 시샘에 죽은 누이가 죽어서도 아홉 오라비를 잊지 못하고 그리워하여 '접동새'가 되었다는 설화를 차용한 시 〈접동새〉는 누이라는 개인의 정서를 우리 민족의 보편적 정서인 '한'으로 승화시킨 작품이다.

또 〈칠석七夕〉은 일 년에 단 한 번, 음력 칠월칠석날 오작교를 통해서만 만날 수 있는 안타까운 두 연인의 마음을 담은 '견우와 직녀' 설화를 모티프로 한 작품이다. 〈접동새〉와 더불어 〈칠석七夕〉도 함께 감상해 보고, 더 나아가 시의 모티프가 된 전통 설화를 찾아보는 것도 위의 작품들을 좀 더 깊게 이해하는데 도움이 될 것이다.

자연물을 통한 감정의 이입

김소월은 〈진달래꽃〉, 〈풀따기〉, 〈산유화〉, 〈산 위에〉, 〈해가 산마루에 저물어도〉, 〈금잔디〉, 〈바다〉, 〈개여울〉, 〈강촌〉 등 제목에서도 알 수 있듯이 '산, 꽃, 나무, 바다' 등 자연물을 소재로 한 작품을 다수 창작했다.

| 풀따기 |
우리 집 / 뒷산에는 / 풀이 푸르고 / 숲 사이의 / 시냇물,

/ 모래 바닥은 / 파아란 / 풀 그림자, / 떠서 흘러요. //

  소월의 고향은 평안북도 구성이다. 그곳은 푸른 산과 들이 펼쳐지고 개울이 흐르며 꽃이 만발하고 나무가 울창한 아름다운 자연이 숨 쉬는 평화로운 공간이었다. 사람은 필연적으로 자신이 살아가는 환경에 영향을 받을 수밖에 없기에, 그가 자연을 소재로 다수의 시를 창작한 것은 지극히 당연하고도 자연스러운 일일 것이다. 그는 이러한 자연물을 바라보며 때로는 그립고, 때로는 슬프고 애달픈 감정을 투영하면서 아름답고도 평화로운 세상을 동경하기도 했을 것이다.

(3) 이상향에 대한 동경

| 엄마야 누나야 |

뒷문 / 밖에는 / 갈잎의 노래 / 엄마야 / 누나야 / 강변 살자! //

| 바다 |

곳 없이 / 떠다니는 / 늙은 물새가 / 떼를 지어 / 좇니는 / 바다는 어디 / 건너서서 / 저편便은 / 딴 나라이라 / 가고 싶은 / 그리운 / 바다는 어디 /

| 길 |
갈래갈래 / 갈린 길 / 길이라도 / 내게 / 바이 갈 길은 /
하나 없소. //

| 바라건대는 우리에게 우리의 보섭 대일 땅이 있었다면 |
그러나 / 집 잃은 / 내 몸이여 / 바라건대는 / 우리에게
/ 우리의 / 보섭 대일 / 땅이 / 있었다면! /

| 남의 나라 땅 |
돌아다 / 보이는 / 무쇠다리 / 얼결에 / 띄워 / 건너서서
/ 숨 고르고 / 발 놓는 / 남의 나라 땅 /

| 제비 |
하늘로 / 날아다니는 / 제비의 / 몸으로도 / 일정一定한 /
깃을 두고 / 돌아오거든! / 어찌 / 설지 않으랴, / 집도 없
는 / 몸이야! //

| 오는 봄 |
봄날이 / 오리라고 / 생각하면서 / 쓸쓸한 / 긴 겨울을 /
지나보내라. /

모래가 금빛처럼 반짝이고 갈잎의 노랫소리가 들리는

아름다운 '강변'에서 살고 싶은 마음을 노래한 〈엄마야 누나야〉, 물새들이 떼 지어 좇는, 저편에 멀리 떨어져 있는 딴 나라 〈바다〉, 수없이 많은 갈래길이 있지만 정작 내가 가야 할 곳은 없었기에 나의 길을 그리워하는 작품 〈길〉, 나의 집, 조국을 잃어버렸지만 그래도 작게나마 보섭 대 일 땅이라도 있었다면 작은 희망이라도 품고 살아갈 수 있을 텐데, 그마저도 어려운 현실의 괴로움을 노래한 〈바 라건대는 우리에게 우리의 보섭 대일 땅이 있었다면〉, 숨 쉬며 발을 딛고 살아가는 삶의 터전이지만 결코 내가 주 인이 될 수 없는 망국인의 설움을 담은 〈남의 나라 땅〉, 제 비조차도 돌아올 곳이 있는데 정작 나는 의탁할 곳 하나 없어 서러운 마음을 드러낸 〈제비〉 등은 소월이 살았던 일제 치하의 어두운 현실을 반영한 작품들이다.

소월의 작품 대부분이 임에 대한 그리움과 이별의 정한 을 노래하였기에 그가 현실 인식과 역사 인식이 부족하다 는 평가를 받고 있기도 하다. 그러나 앞서 언급된 시들을 살펴보면 그가 얼마나 시대 상황을 예리하게 인식하고 있 었는지 알 수 있다.

3. 마치며

한국 현대문학사에서 김소월에 관한 연구는 실로 방대한데 다섯 가지로 분류해 보면 다음과 같다. 첫째 리듬과 율격에 관한 연구, 둘째 정한에 대한 평가, 셋째 자연에 대한 인식 규명과 시공간성과 근대성에 대한 연구, 넷째 민중, 민족에 대한 전통성에 기인한 민족 시인으로 규정된 평가, 다섯째 무속과 설화 수용에 관한 연구가 그것이다.[2]

여기에서는 위에 언급된 범주에 속하는 시의 형식적 측면에서의 리듬과 율격, 내용적 측면에서 이별의 정한, 토속적 소재와 자연물을 통한 민속성, 그리고 현실 인식을 통한 이상향에 대한 동경을 그린 작품에 대해 살펴보았다.

1920년대라는 어둡고 혼란스러운 시대상황 속에서도 소월은 꿋꿋하게 우리 민족의 고유한 전통을 이어 나가려고 노력했다. 시집《진달래꽃》은 그가 우리의 전통을 계승하고 한걸음 더 나아가 변용·발전시키려 했던 모습을 살펴볼 수 있는 작품이다.

---

2) 조연향, 《김소월 백석 시의 민속성》, 〈제1장 김소월 백석 시와 민속성〉, 푸른사상, 2013, p.34.

이 책을 읽는 독자들은 그리운 이의 부재, 국권 상실감에서 비롯된 외롭고 쓸쓸한 마음을, 때로는 자연과 벗하며 유유자적한 삶을 즐기고 싶은 순수함을, 그리고 부조리한 현실에서 고군분투하며 문인으로서 할 수 있었던 최선의 저항인 우리말을 지켜내고 현실에 분노하며 새로운 세상이 오기를 염원하던 시인의 간절한 마음을 다수의 작품들을 통해 오롯이 느낄 수 있을 것이다.

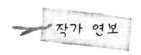

1902(1세)

음력 8월 6일 평북 구성에서 장남으로 태어나다. 본명은 김정식이다.

1907(6세)

할아버지가 독서당을 개설하고 훈장을 초빙하여 한문 공부를 시작하다.

1909(8세)

공주 김씨 문중에서 세운 남산소학교에 입학하다.

1915(14세)

남산소학교를 졸업하고 그해 4월에 오산학교 중학부에 입학하다. 스승 김억을 만나 본격적인 문학 수업을 시작하다.

1916(15세)

홍실단과 결혼하다.

1920(19세)

〈창조〉에 〈낭인의 봄〉, 〈그리워〉, 〈춘강〉 등을 발표하여 등단하다.

1922(21세)

배재고등보통학교 5학년에 편입하다.

1923(22세)

배재고등보통학교 졸업 후 일본 유학길에 올랐으나. 10월 관동대지진으로 귀국하다.

1924(23세)

귀향해서 할아버지의 광산 일을 돕다. 영변 여행을 다녀와서 김동인, 김찬영, 임장화 등과 함께 〈영대〉 동인이 되다.

1925(24세)

시집 《진달래꽃》을 발표하고, 시론 〈시혼〉을 〈개벽〉 5호에 발표하다.

1926(25세)

7월에 평안북도 구성군에 동아일보 구성지국을 개설하고 지국장을 역임하다.

1927(26세)

3월에 동아일보 지국을 폐쇄하다. 시 〈팔베개 노래〉를 발표하다.

1929(28세)

조선 시가협회 회원으로 가입하다.

1934(33세)

12월 23일 장에서 아편을 사가지고 와서 음독하고 다음날 아침 8시경에 시체로 발견되다. 평북 구성에 안장되었다가 후에 서산면 평지동 왕릉산으로 이장하다.